AF403822

HISTOIRE
D'UN OUVRIER

L'INTERNATIONALE

ET LA GUERRE DE 1870-1871

PAR

Th. DESDOUITS

Agrégé de l'Université.

Deuxième édition

PARIS

ALBANEL, LIBRAIRE,

HONORÉ-CHEVALIER, 7.

HISTOIRE

D'UN OUVRIER

L'INTERNATIONALE

ET LA GUERRE DE 1870-1871

PAR

TH. DESDOUITS

Agrégé de l'Université]

Deuxième édition

PARIS

JOSEPH ALBANEL, LIBRAIRE

7, RUE HONORÉ-CHEVALIER, 7

—

1872

PARIS. — IMP. ADRIEN LE CLERE, RUE CASSETTE, 29.

J'ai toujours aimé les ouvriers ; je
les aime parce qu'ils travaillent, et que
le travail c'est l'honneur et la source de
la moralité ; je les aime parce que Dieu,
quand il s'est fait homme, s'est fait ouvrier. C'est pourquoi je me suis plu à
figurer sous les traits d'un ouvrier le
bon sens, le cœur, le vrai patriotisme,
et la résistance aux fatales doctrines
qui veulent pervertir notre chère France
en substituant le venin de la haine à la
vraie fraternité.

HISTOIRE D'UN OUVRIER

CHAPITRE PREMIER

Pourquoi Jean Pacolet avait besoin de cinquante écus.

Vers le milieu de l'année 1870, dans une de nos plus grandes usines industrielles, située au village de X..., un contre-maître du nom de Nicolas Rabotin venait de procéder à la paye des ouvriers.

Quand tous les autres ouvriers se furent retirés, il prit à part un grand beau garçon d'environ vingt ans, un des plus vigoureux forgerons de l'usine.

« Pacolet, lui dit-il, combien as-tu déjà fait d'économies sur ta paye ?

Pacolet parut visiblement embarrassé.

— Pas grand chose, mon gars, à ce que je vois, reprit le père Rabotin. Tu as tort ; un bon ouvrier qui gagne 3 francs par jour et qui n'est pas marié devrait économiser 100 écus par an. Pas vrai, Jeannot?

— C'est ce que je me dis toujours ; mais...

— Mais tu n'en fais rien. Ecoute. Ton pauvre père était le plus laborieux forgeron de l'usine. Quand il est mort victime de son dévouement, après s'être jeté à l'eau, tout en sueur, au sortir de la forge, pour sauver ma chère petite Jeannette, je lui ai promis d'avoir soin de toi. Tiens! pourquoi donc deviens-tu rouge comme une barre de fer au feu? Est-ce parce que j'ai parlé de Jeannette? Bon! Ne dirait-on pas que ton cœur se met à battre comme un marteau de forge? Va, il y a longtemps que je l'ai deviné : Jeannette est assez gentille, elle est bonne ouvrière, tu es bon ouvrier ; sans ton pauvre père, je ne l'aurais plus ; il est tout naturel qu'elle devienne un jour ta femme ; mais tu comprends que je ne peux la donner qu'à un garçon économe ; je te dis ça dans ton intérêt comme dans le sien ; eh bien! quand tu auras 50 écus à la Caisse d'épargne, on en recausera. »

Pacolet ne dit rien, mais ses yeux dirent pour lui beaucoup plus de choses que cent paroles, et dès le lendemain il mit 10 francs à la Caisse d'épargne. Ce qu'il y a de certain, c'est que, le lundi suivant, les camarades l'entendirent plus d'une fois se dire à lui-même : « Dix fois quinze font cent cinquante ; dix semaines, cela fait un peu plus de deux mois. »

Mais en dix semaines il arrive malheureusement beaucoup d'événements, et Jean Pacolet avait compté sans deux personnages qui allaient le mettre hors d'état d'économiser en deux mois les 50 écus.

CHAPITRE II

Nicolas Cafard et Pierre Gigodin.

Huit ou dix jours après le premier placement de Pacolet, deux ouvriers nouveaux entrèren aux forges de M. Bonenfant. A peine installés, Nicolas Cafard et Pierre Gigodin ne tardèrent pas à décrier le patron, les contre-maîtres, et surtout Rabotin qui n'aimait ni les paresseux ni les ivrognes ; à cela près, très-bons enfants, car ils payaient bien des litres à tous ceux qui voulaient fêter avec eux le Lundi. Après s'être ainsi fait quelques amis, ils les rassemblèrent un soir et leur dirent : « Ça, les camarades, vous

savez que nous sommes de bons diables, quoi!
les vrais amis du peuple; nous ne sommes pas
venus ici pour les beaux yeux de cet aristocrate
de patron, — d'autant plus qu'il n'en a qu'un.
— La Société internationale des travailleurs
nous a envoyés pour faire augmenter vos salaires. Allez donc demain trouver le grand
borgne, et dites-lui que, s'il est aussi bon enfant que son nom, il augmente tous les ouvriers
de 75 centimes; il fera d'abord la grimace;
vous vous rabattrez sur 50 centimes, et s'il fait
le méchant, on se met tous en grève après-
demain. »

La proposition fut très-applaudie. Le lendemain tous les ateliers furent instruits du pro-
jet; les bons ouvriers (et c'était le plus grand
nombre) n'étaient pas du tout contents à l'idée
d'une grève; mais aucun n'osait rien dire, de
peur d'être appelé mauvais camarade par le
voisin, et le voisin, de son côté, craignait celui
qui avait peur de lui. C'est ainsi que tout le
monde se rangea à un avis que presque personne ne partageait.

Tout naturellement on voulut charger Cafard
et Gigodin d'aller faire la proposition au patron; mais ces deux messieurs eurent peur de
se compromettre; ces gens-là ne compromet-
tent jamais que les autres; on chargea de la
commission deux braves ouvriers qui ne s'en
souciaient pas du tout.

« Mes amis, leur répondit M. Bonenfant, si je vous augmente tous de 50 centimes, comme vous êtes 800, ce sera 400 fr. de plus par jour que j'aurai à dépenser. Il y a 300 jours de travail dans l'année ; 300 fois 400 francs, cela fait 120,000 francs. — Pensez-vous que je fasse assez de bénéfices pour augmenter ma dépense de 120,000 fr. par an? Si je le faisais, je serais bientôt ruiné ; et si j'étais ruiné, qu'est-ce qui vous ferait travailler? »

Cette réponse fut portée à l'atelier : tout le monde trouva que le patron avait raison, mais personne n'osa le dire; la grève fut donc décidée pour le lendemain ; la plupart des ouvriers quittèrent l'usine le soir, tout émus à la pensée de la misère où leurs femmes et leurs enfants allaient se trouver réduits si la grève se prolongeait. Pacolet songea qu'il aurait bien de la peine à économiser ses 50 écus, et quand il fut rentré chez lui, il pleura sans contrainte en pensant à Jeannette.

CHAPITRE III

Comment un bon ouvrier traite les intrigants qui viennent se mêler de ses affaires.

Pacolet avait reçu beaucoup plus d'instruction que presque tous ses camarades, et il était trop censé pour ne pas comprendre que tous ces faiseurs de grèves sont les plus dangereux ennemis du peuple; mais il était trop faible pour faire autrement que les autres, et il se laissa entraîner, malgré son profond chagrin, au cabaret où Nicolas Cafard, flanqué de son ami Pierre Gigodin, avait convoqué les ouvriers pour les exciter au désordre. Nos deux personnages se livrèrent là aux plus beaux effets de l'éloquence démagogique.

« Ça, les amis, nom d'une pipe, » disait Cafard, monté sur la table du cabaret en guise de tribune, » est-ce que ça ne finira pas ? Est-ce qu'on travaillera toujours pour ces riches qui nous exploitent, qui nous font peiner comme des chevaux, qui gardent tout le profit pour eux, et qui nous refusent dix méchants sous d'augmentation quand ils gagnent des milliers de francs avec nos sueurs? Qu'ils travaillent eux-mêmes, s'ils veulent gagner, ou qu'ils partagent le profit avec nous! Voyez-vous, les amis, c'est ça le capital! On a de l'argent; et on opprime ceux qui n'en ont pas! Et de quel droit ont-ils cet argent? Ils n'ont eu, pour le posséder, qu'à se donner la peine de naître! Quant à nous, qu'est-ce qui nous revient? Un salaire; mais le salariat, c'est la dépendance, c'est l'esclavage, et souvent, pas de quoi acheter du pain! Allons, du cœur, et nous sortirons de cette misérable position! Le moyen est bien simple; nous sommes les plus nombreux; eh bien, il faut faire peur aux riches! Il faut faire peur au gouvernement lui-même, afin qu'il impose les riches de la moitié de leurs revenus et qu'il emploie le produit de cet impôt à soulager les travailleurs. Pour y parvenir, il y aura des privations à endurer, des luttes à soutenir; mais nous vaincrons, et l'avenir est au peuple! Après cela, les amis, je n'ai qu'un conseil à vous donner. Méfiez-vous des ouvriers qui soutiennent la cause du patron. Méfiez-vous des contre-maîtres; il y en a un surtout chez le grand borgne, le père Rabotin, je parierais que c'est un *mouchard*. » Pacolet ne lui permit pas d'achever; il avait écouté patiemment toutes les sottises de l'orateur; mais, d'entendre insulter lepère de Jeannette, sa faiblesse n'allait pas jusque-là. Il bondit, et montrant à Cafard un poing qui pouvait assommer un bœuf : « Si tu ne veux pas que je te mette en purée, ne dis pas de mal du père Rabotin ; c'est un homme, celui-là, et toi tu n'es qu'une brute ! »

La plupart des camarades, étonnés de cet acte de courage, restèrent muets ; au fond de la salle, seulement, quelques individus, cachés derrière les autres, crièrent : « A la porte le mouchard ! »

— Qui est-ce qui crie à la porte ? dit Pacolet ; celui qui voudra me faire passer à la porte, moi je vais le faire passer par la fenêtre ! »

Des signes peu bruyants, mais très-manifestes d'une sympathie générale, accueillirent cette réplique. Cafard, qui déjà était prudemment descendu de sa table, s'apprêtait à gagner doucement le dehors en compagnie de Gigodin. Cette lâcheté acheva de produire sur les ouvriers l'effet déjà commencé par l'attitude courageuse de Pacolet. « Tiens ! les voici qui lèvent le pied ! » cria un des assistants. « Fermons la porte, » dit un autre ; « il faut les faire battre avec Pacolet ; deux contre un, ils oseront peut-être ; affaire de voir s'ils sont aussi forts sur la boxe et sur la savate que sur la blague. » La proposition fut adoptée par un applaudissement général. Mais elle n'était pas du goût des messieurs de l'Internationale : « Nous sommes des hommes de paix, » dit Cafard tout tremblant ; « nous n'aimons pas la violence ; si Pacolet n'est pas de notre avis, qu'il nous réfute par des raisons, car les coups de poing n'en sont pas. » — « Accepté ! » répondit le brave champion du père Rabotin, « mais à une condition, c'est qu'après leur avoir répondu, si je vous prouve qu'ils n'ont dit qu'un tas de bêtises, vous me permettrez de les assommer devant vous. » La condition fut agréée par l'assistance, et Pacolet grimpa sur la table.

« Est-ce que tu nous prends pour des serins, » fit l'orateur improvisé, « toi qui viens crier contre le patron parce qu'il a de l'argent ? Tu nous crois assez bêtes pour ne pas savoir que, s'il n'avait pas d'argent, il ne pourrait pas nous faire travailler ? Pour moi je voudrais que le patron eût encore beaucoup plus d'argent, parce que s'il était plus riche il ferait travailler encore plus de monde. Est-ce que tu t'imagines qu'il l'enterre, son argent ? Est-ce qu'il ne passe pas de sa poche dans celle de ceux qui lui rendent des services ? Tu demandes de quel droit il a cet argent ? Parbleu, il l'a gagné en vendant le fer que nous forgeons, c'est-à-dire qu'il l'a gagné en nous faisant aussi gagner. Au lieu de crier contre lui parce qu'il a fait fortune, nous ferions beaucoup mieux de mettre une partie de notre paye à la Caisse d'épargne, et nous serions capitalistes tout comme lui. Je ne dis pas que nous serons jamais aussi riches ;

cela n'arrive pas toujours; mais enfin il a commencé par être ouvrier comme nous il y a
quarante ans; plus tard, comme il était très-
habile et pas fainéant, il a passé contre-maître,
puis associé de l'ancien patron, puis il est devenu ce qu'il est aujourd'hui. Sur huit cents que
nous sommes, il y en aura bien quelques-uns
qui feront comme lui. Pour ceux qui n'auront
pas la même chance, ils laisseront du moins,
s'ils sont laborieux, des petites économies à
leurs fils, qui les augmenteront à leur tour; et
si nos fils ne deviennent pas encore bien riches,
ce sera peut-être le tour de nos petits-fils. Les
riches sont souvent les enfants ou les petits-fils
des pauvres, et les pauvres sont les grand'-
pères des riches; aussi, comme dit quelquefois
le père Rabotin, que Dieu me garde du malheur de maudire les riches, car ce serait peut-
être maudire mes enfants ou mes petits-en-
fants ! »

« — Tout cela n'empêche pas, » dit Cafard,
« que nous sommes des salariés, et que c'est
humiliant pour nous ! »

« — Oh! la bonne blague! » répartit Pacolet.
« Est-ce que tout le monde n'est pas salarié?
Est-ce que le médecin n'est pas le salarié de ses
malades? l'avocat est le salarié de ses clients;
le professeur, le juge, l'officier sont les salariés
du gouvernement. A moins de vivre de l'air du
temps, à moins d'être mendiant on voleur, il

faut nécessairement qu'on soit ou marchand
ou salarié; et le salarié est-il autre chose qu'un
marchand de travail, qui donne sa peine pour
de l'argent? Toi-même, Cafard, et toi, Gigodin,
qui venez crier contre le salaire, êtes-vous donc
autre chose que des salariés de l'Internationale? »

« — Alors, mes camarades, » balbutia Gigo-
« din, ce monsieur trouve que tout est pour le
mieux; il n'y a plus rien à souhaiter pour la
position du pauvre monde; il est content. »

« — Eh! non, je ne suis pas content de voir
que deux farceurs viennent se mêler de nos
affaires, nous empêchent de travailler quand
nous en avons envie et nous font manquer de
pain sous prétexte de nous enrichir! Ils crient
contre la cessation du travail quand il n'y a
pas d'ouvrage, et ils viennent le faire cesser
quand l'ouvrage abonde! Assez de bêtises!
Voilà assez longtemps que nous sommes la
dupe de ces blagueurs-là! Si un charlatan
venait, monté sur un chariot, avec un bonnet
à grelots, et vous disait, avec accompagnement
de tambour : « *Çà, les amis, écoutez le grand*
« *docteur qui a trouvé une recette pour guérir*
« *toutes les maladies! Si vous tombez d'inanition,*
« *faites diète; si vous n'avez pas assez de sang,*
« *mettez les sangsues; si vous toussez, allez attrap-*
« *per du froid, cela vous guérira,* » — on le re-
conduirait à coups de pied hors de la ville :

mais voilà deux citoyens qui vous crient :
« *Vous ne gagnez pas assez; faites grève, ça vous*
« *rendra plus riches; mangez vos petites écono-*
« *mies, ça les augmentera !* » Et vous prenez ces
bêtises-là pour de l'argent comptant! C'est
encore bien heureux quand ils ne vous con-
seillent pas de mettre le feu à la fabrique, ce
qui est un ingénieux moyen de faire doubler
nos salaires! »

La sympathie pour Pacolet devenait de plus
en plus générale ; quelques mécontents seulement essayèrent de protester, en disant que
celui qui parlait comme cela n'était pas un ami
du peuple et qu'il soutenait les intérêts de la
classe riche.

« — Est-ce qu'il y a encore des classes, im-
béciles? » reprit Pacolet. « Il y a des riches et
des pauvres; mais il n'y a plus de classe riche
et de classe pauvre, par la bonne raison que
les ouvriers peuvent s'enrichir par le travail et
l'économie, et que rien ne les empêche de passer dans ce qu'on appelle la *classe* bourgeoise.
La moyenne des salaires, à l'usine, est de 5 fr.
par jour, ce qui fait 1500 francs par an ; je
connais des bourgeois qui ne gagnent pas cela
à travailler dans des administrations. Nous ne
sommes pas pour cela aussi riches que M. Bonenfant; mais nous sommes plus riches que
d'autres ouvriers qui, dans d'autres industries,
gagnent 2 francs par jour. Si nous demandons

que le gouvernement impose le patron de la
moitié de son revenu pour le punir d'être plus
riche que nous, les camarades à 2 francs viendront demander qu'on nous impose de tant
pour cent sur notre salaire, parce qu'il est plus
gros que le leur. On dit à cela que nous n'a-
vons que le nécessaire et que le patron a le
superflu. C'est un bête de mot que le *superflu*;
son *superflu*, comme on l'appelle, sert à acheter
du minerai de fer, des marteaux, des enclumes
et du charbon, pour nous faire travailler; s'il
n'avait plus que son *nécessaire*, nous n'aurions
pas même le nôtre. Il est vrai qu'il a aussi un
cheval et une voiture; mais comment diable
irait-il faire ses marchés sans cela? Il mange
une meilleure soupe que nous, c'est encore
possible, mais sans lui nous n'aurions pas de
soupe du tout; et d'ailleurs, quand il avait mon
âge, il mangeait plus souvent du pain que du
fricot. Mais puisque aujourd'hui nous avons le
temps de blaguer, je vous demande la permis-
sion de vous conter ce qui arriverait si on sup-
primait le capital? »

On s'étonnera peut-être que Gigodin et Cafard aient laissé si longtemps parler notre ami
Pacolet. Mais je prie le lecteur de se souvenir
de la convention qui avait été faite; après la
discussion, on devait faire le coup de poing, et
les messieurs de l'Internationale n'étaient pas
du tout pressés que leur adversaire eût fini,

3

Ils le laissèrent donc continuer, ce qu'il fit à peu près en ces termes :

« Je suppose un gouvernement qui supprimerait le capital ; je vais dire au père Bonenfant : Ton capital, c'est ton usine ; on te la prend, elle appartiendra en commun à tous les travailleurs, et ils se partageront les bénéfices. D'abord les bons ouvriers se mettent dans une grande colère, parce qu'ils n'auront qu'une part de bénéfice égale à celle des maladroits ; mais on les rosse, et on les force à accepter la condition commune. Eh bien, vous croyez que nous allons y gagner ; voyons cela ; la vente des produits bruts de l'usine rapporte aujourd'hui : 1° de quoi couvrir les frais ; 2° la somme nécessaire à nos salaires ; 3° le bénéfice net du patron. Nos salaires sont en moyenne de 5 fr. par jour ; nous sommes 800, c'est donc 4,000 fr. par jour, et en 300 jours, 1,200,000 francs que le patron répartit entre nous ; il lui reste un bénéfice net d'environ 60,000 francs. Si l'usine était à nous, et *qu'elle rapportât en nos mains autant que dans les siennes*, il nous resterait, après les frais couverts, 1,260,000 francs à partager. Partageons 1,260,000 francs entre 800 ouvriers, cela fera par an 1575 francs pour chacun, et, par jour, 300 fois moins, ou 5 fr. 25 centimes. Nous gagnons donc 5 sous par jour chacun à partager l'usine du père Bonenfant ; ou du moins vous le croyez. Eh bien ! pas du tout, ces cinq sous, nous ne les gagnons pas; j'ai supposé en effet que l'usine rapporterait autant dans nos mains que dans les siennes ; mais cette supposition est absurde, parce que nous entendons moins bien le commerce que lui; s'il n'était plus là pour nous diriger, nous ferions moins bien, nous vendrions moins bien; et surtout nous trouverions moins de crédit pour l'achat des matières premières. La diminution des produits de l'usine représenterait certainement au moins un vingtième, en mettant les choses au mieux, peut-être même serait-elle beaucoup plus forte, et la part de nos bénéfices serait inférieure à nos salaires actuels; peut-être même ferions-nous faillite, car sans direction on n'arrive à rien de bon. Je suppose que vous prendriez les plus intelligents d'entre vous pour vous diriger; mais alors il faudrait leur donner plus qu'à vous dans le partage des bénéfices, et voilà vos 5 sous bien diminués. Ce n'est pas tout; je veux bien que l'usine rapporte en vos mains autant qu'avec le père Bonenfant; je suppose que vous gardiez vos 5 sous de bénéfice. Mais, puisque nous avons supprimé la richesse, puisqu'il n'y aura plus de grandes fortunes, les riches, ce seront ceux qui n'auront que le nécessaire; alors ceux qui n'auront pas même leur nécessaire viendront vous dire : *Les riches, maintenant, c'est vous; partagez avec nous; vous gagnez* 5 *fr.* 25 *centimes, nous gagnons* 2 *fr.* 25 *centimes; partageons la différence de 3 francs, et donnez-nous* 30 *sous par jour.* — Encore une chose à quoi vous n'avez pas pensé : quand il n'y aura plus de grandes fortunes, comment bâtira-t-on des usines, des moulins? qu'est-ce qui fera les avances de fonds? Et sans usines, comment travailler? En fera-t-on bâtir en réunissant par cotisations toutes les petites économies? Mais il n'y aura plus d'économies, quand il sera défendu de conserver son superflu. Enfin, pour en finir avec toutes les bêtises sur les riches et les pauvres, je n'ai plus que deux mots à dire, si le dos ne vous démange pas trop, messieurs Cafard et Gigodin. Quand la ville n'a pas d'eau, il faut que tous les habitants aillent chaque jour en chercher à la rivière, au fond de la vallée; ce n'est pas commode. Mais si l'on bâtit sur la hauteur un grand réservoir où l'on fait monter l'eau par une machine et qu'on l'amène de là, par des conduits, dans toutes les maisons, moyennant une dépense de quelques francs par an, tout le monde y trouve son avantage. Eh bien, les grandes fortunes sont les grands réservoirs; l'eau, c'est l'argent; les conduits, ce sont les salaires qui amènent tout doucement l'argent dans nos poches; et si on va démolir le réservoir, on sera vraiment bien avancé ! »

«—Qui est-ce qui t'a appris toutes ces choses-là, dirent les camarades? On ne te savait pas la langue si longue. »

« — Parbleu! c'est le père Rabotin; il ne veut pas qu'on trompe le peuple, celui-là. Je n'aurais rien dit si ces deux gredins ne l'avaient pas insulté; je ne suis pas prédicateur, mais quand on dit des sottises aux braves gens, ça me donne de la langue pour les défendre. Maintenant, faites le cercle, et laissez-moi assommer Cafard et Gigodin. »

Pacolet était taillé comme un hercule. Cafard était un petit homme à mine de fouine, et Gigodin un grand mou de fainéant; ni l'un ni l'autre ne se souciaient du rôle d'enclume. Ils durent cependant se résigner à la nécessité; d'ailleurs ils étaient deux contre un. Pacolet n'eut pas de peine à les terrasser au milieu de l'hilarité générale; puis, après avoir mis les deux poingts sur leurs poitrines, il leur dit: « Ce n'était qu'affaire de rire; déguerpissez tout de suite, et si vous êtes encore dans la ville d'ici à une demi-heure, vous n'en sortirez pas sur vos deux pieds. »

Ils ne demandèrent pas leur reste, et se sauvèrent en méditant une vengeance.

CHAPITRE IV

Un nouveau plat de la façon de Cafard et de Gigodin.

Cafard et Gigodin savaient par les mouchards de l'Internationale que M. Bonenfant avait reçu d'énormes commandes pour différentes maisons de la ville de N.... Ils se hâtèrent de leur envoyer le télégramme suivant : « Usine Bonenfant en grève ; retirez vos commandes ; adressez-vous ailleurs. » Depuis plusieurs semaines, nos drôles s'étaient mis en relation avec les maisons en question et avaient su gagner toute leur confiance.

Le lendemain, quand les ouvriers de l'usine de M. Bonenfant se présentèrent pour reprendre leurs travaux, le patron vint aux forges, et d'une voix qui dissimulait mal sa douloureuse émotion, il leur dit : « Mes chers amis, je suis heureux de voir le bon esprit qui vous anime ; vous n'avez pas tardé à comprendre qu'on vous égarait en vous détournant du travail. Mais j'ai le regret de vous annoncer une fâcheuse nouvelle ; ce commencement de grève a déjà porté de tristes fruits. J'avais reçu d'énormes commandes de fer ; mais à la nouvelle de la grève, on me les retire, et on me télégraphie qu'on s'adresse aux forges de M. Duvallon. Si je n'avais pas, par bonheur, des capitaux en caisse, je serais forcé de suspendre tous les travaux peut-être pour un mois. Je n'en serai pas réduit là ; mais il faudra diminuer les heures de travail. Je ne veux pas que cette diminution porte sur les ouvriers mariés, et vous trouverez comme moi que c'est juste ; ce sera donc les célibataires qui auront à en souffrir : j'espère que ce sera seulement pour quelques semaines. »

Bien que tout le monde comprît la justesse de ces raisons, il y eut plus d'un murmure parmi les ouvriers diminués. Quelques-uns parlaient même de continuer la grève ; mais ils comprirent que l'on ferait l'affaire du patron en l'abandonnant juste au moment où il se gênait pour ne congédier personne. On se résigna ; cependant il resta des germes sourds de mécontentement qui devaient plus tard amener de nouvelles difficultés. Quant à Pacolet, il ne put mettre que 5 francs par semaine, au lieu de 10, à la Caisse d'épargne, et il maudit plus que jamais les mauvais drôles inventés par l'Internationale pour le malheur des ouvriers.

CHAPITRE V

La guerre sur la Loire.

Les cinquante écus n'étaient pas encore amassés quand la garde mobile fut appelée sous les drapeaux. Pacolet et une soixantaine de ses camarades partirent vers le commencement d'octobre pour l'armée de la Loire. On n'a pas assez rendu justice à la garde mobile, à ces braves garçons, soldats improvisés, qui soutinrent le feu si longtemps, qui, malgré des revers terribles, se battirent jusqu'au dernier jour comme de vieilles troupes, qui ne cédèrent qu'au nombre, à la rigueur d'un hiver sans exemple, et à des privations inouïes. Malheureusement, les plus braves sur les champs de bataille se laissaient tromper par les préjugés funestes et décourageants qui se répandaient dans la population. Après chaque défaite, on n'entendait que ce mot : « *Oh! si nous n'avions pas été vendus!* » Ces pauvres garçons ne pouvaient comprendre que dix mille hommes, presque sans artillerie, ne sauraient tenir devant trente mille, que la cause de nos revers était notre petit nombre, et qu'il n'y avait pas de la faute des chefs. Pacolet, qui

avait du sens, ne pouvait pas entendre sans colère ce bête de mot : « *Nous sommes trahis ! nous
sommes vendus !* — Tas de farceurs, répondit-il,
si on vous a vendus, on ne vous a pas vendus
cher, car les dindes sont à bon marché cet
hiver : c'est moi qui vous le dis, moi qui suis
votre caporal ! On vous trahit ! Mais ne voyez-
vous pas qu'en répétant cette bêtise-là, vous
découragez tout le monde, et que vous contri-
buerez à nous faire battre encore ? » On trouvait
que Pacolet avait raison, mais on n'en continuait pas moins à répéter : « *Nous sommes vendus !* »

Le soir du combat du 11, sous les murs d'Or
léans, Pacolet, dont le bataillon restait en arrière pour protéger la retraite, eut le mollet
traversé d'une balle ; il refusa jusqu'au dernier
moment de se faire transporter à l'ambulance,
se mit à genoux, et brûla jusqu'à sa dernière
cartouche. Ensuite il se glissa dans un taillis
épais et attendit la nuit. Puis, comme sa blessure, qu'il avait simplement bandée avec son
mouchoir, commençait à le faire vivement
souffrir, il se traîna comme il put jusqu'à une
ferme ; là on lui donna quelques soins ; la blessure était d'ailleurs sans gravité.

« Ah ! mon pauvre petit monsieur, dit le
paysan beauceron, on vous a encore vendus
aujourd'hui ! Voyez-vous, ce sont les curés, à
ce qu'on nous a dit.

« — Comment, les curés !

« — Eh ! oui, mon pauvre monsieur ! Quand je dis les curés, je n'entends-pas les petits curés comme ceux de nos villages. C'est de bons enfants ; mais les gros curés, quoi, les évêques, et puis le pape.

« — Vous croyez cela ? Elle est bonne la blague, mon brave homme.

« — Pardi oui, c'est pour faire tuer le pauvre monde, afin qu'il ne reste plus que des nobles.

« — Ah ! vous croyez qu'on ne tue que le pauvre monde ? Et mon colonel qui a reçu trois balles à côté de moi, c'était un noble, mon brave ; encore il avait un frère curé ! Et les zouaves du pape, on les a vus depuis deux jours ! N'est-ce pas des nobles, ceux-là ? Pendant toute la bataille, toujours en avant ! et pendant la retraite, toujours en arrière ! On aurait cru qu'ils se moquaient des balles comme si c'était des boulettes de papier, et des obus comme si c'était des pommes cuites.

« — On voit bien, caporal, à parler comme cela, que vous n'êtes guère républicain.

« — Vous vous trompez, je suis républicain, mais de la bonne manière ; je ne crois pas que ce soit nécessaire pour être républicain de crier comme on fait contre les curés, qui nous soignent aux ambulances, et contre les nobles, qui se mettent au premier rang pour recevoir à notre place les obus ou la mitraille que nous destinent les gens à Bismarck.

« — Les curés, c'est possible, je ne dis pas, mais les évêques! On sait qu'ils ont envoyé au roi de Prusse tout l'argent qu'on a quêté pour le pape, et c'est le roi d'Italie qu'ils ont chargé de la commission.

« — Pour le coup, celui-là est fort! Les évêques sont catholiques, n'est-ce pas? Et le roi de Prusse est protestant, par conséquent l'ennemi des catholiques. Alors comment voulez-vous que les évêques aient envoyé l'argent du pape, de leur chef, au roi de Prusse, au chef de la religion ennemie?

« — Dame! on me l'avait dit. Je n'en avais pas cherché plus long. On assure aussi que l'évêque d'une ville voisine a été au camp des Prussiens et qu'il leur a promis de leur ouvrir les portes; mais le général prussien a exigé aussi qu'on lui accorderait le pillage de la ville; l'évêque a d'abord dit non, et puis il s'est à moitié ravisé et il leur a accordé seulement *le pillage des pauvres* (1).

« — Le pillage des pauvres! Mais voilà un général prussien qui ne s'enrichira guère, et qui enverra à Berlin plus de coucous que de pendules! Que diable voulez-vous qu'il trouve à piller chez les pauvres? Et voilà toutes les bê-

(1) Le mot est authentique.

tises qu'on arrive à faire accroire à des Français, au peuple le plus spirituel de l'Europe !
Quand on leur dit du mal des bourgeois, des
nobles, ou des prêtres, ils prennent tout pour
argent comptant ! Voyez-vous, je ne suis qu'un
ouvrier, mais je trouve drôle qu'on soit toujours en France à crier contre ceux qui sont
plus que les autres. Les ouvriers crient contre
leurs patrons, les patrons crient contre le maire
ou contre le curé, tout le monde un peu crie
contre le gouvernement ; on en met un autre,
et on crie encore contre celui-là. Il en résulte
qu'on ne respecte plus personne, et qu'à l'armée le soldat accuse les officiers, les officiers
accusent les généraux, de sorte qu'il n'y a plus
ni ordre ni discipline ; et c'est pour cela que
nous sommes toujours battus par les Prussiens.»

Pendant que Pacolet achevait de parler, on
frappa à la porte ; on ouvrit. Deux ulhans se
présentèrent et interpellèrent ainsi le fermier :

« Ami Vrançais, tu fas nous tonner touze
moutons et six faches pour le tiner tu chénéral
et te son état machor.

« — Impossible ! on m'a déjà tout pris ; je
n'ai plus une bête à l'étable.

« — Si tu n'as pas de quoi nous tonner ce
que nous foulons, nous allons mettre le feu à
ta maissonnette.

« — Encore une fois, » s'écria le fermier au
désespoir, « je n'ai plus une bête ; allez par-

tout; visitez la ferme, si vous ne me croyez pas.

« — Nous te groyons, et nous allons mettre le feu; le chénéral nous a tonné pour cela une petite pouteille de bétrole. Vous exguserez, mais nous afons des ordres.

« — Mais je vous en supplie...

« — Si tu fais le méjant, nous te vusillerons d'apord : c'est la gonsigne du chénéral.

« — C'est ce qu'on verra, » dit Pacolet, en tirant de dessous son lit un révolver qu'il avait pris à un officier prussien.

« — Qui est-ce qui barle comme cela, » firent les uhlans en mettant le pistolet au poing.

Deux coups de feu furent la réponse; les uhlans tombèrent raides morts.

CHAPITRE VI

L'évasion; la seconde captivité; l'officier poméranien.

Le lendemain matin Pacolet, malgré sa blessure, se leva, revêtit l'uniforme d'une de ses victimes, monta sur son cheval, et après avoir remercié son hôte, partit au galop dans la direction d'Orléans.

Comme il avait été pendant assez longtemps en apprentissage dans une usine d'Alsace, il possédait assez bien l'allemand. Sous son déguisement, il traversa les premières lignes prussiennes ; il exhiba les ordres de réquisition qu'il avait trouvés sur un des uhlans, et continua sa route sans encombre. Il s'informa en allemand de la direction prise par les troupes françaises, passa le pont de la Loire et parvint à Olivet. Là il fut fait prisonnier par les grand'gardes de son régiment, et n'eut pas de peine à se faire reconnaître. On l'obligea à rester une quinzaine de jours à l'ambulance, où son premier soin fut d'écrire au père Rabotin la lettre suivante :

« J'ai une chance du diable. Ces gredins de
« Prussiens ont eu beau tirer sur moi, ils n'ont
« pas pu m'attraper ; il n'y en a qu'un qui a
« fini par réussir à me loger une petite balle dans
« le mollet, mais il n'a pas pu réussir à l'y faire
« rester, car elle est sortie toute seule, et avant
« quinze jours le trou sera bouché. Enfin, quoi,
« une blessure de quatre sous, pas la peine qu'on
« en parle. Mais ce n'est pas tout. J'ai cassé la
« coloquinte à deux grands gredins de uhlans,
« et je me suis sauvé sur un de leurs chevaux.
« Voilà qu'arrivé au camp le général me dit :
« Cech eval est à toi ; mais nous en manquons ;

« si tu veux le vendre, je t'en donne cinquante
« écus! Et moi qui aurais bien voulu garder le
« cheval, mais qui ne pouvais pas l'emporter
« sur mon dos ni le mettre dans ma cartou-
« chière, jugez si j'ai été heureux du marché.
« Je les ai donc, les cinquante écus, et je vous
« les envoie ci-inclus dans cette lettre pour que
« vous les mettiez à la Caisse d'épargne. Dites à
« Jeannette qu'elle prie pour moi, car sous peu
« de jours cela va chauffer dur. Vive la France!
« *P. S.* —Dites aussi à Jeannette que je la re-
« mercie de la médaille qu'elle m'a envoyée.
« Je n'étais guère dévot avant la guerre; mais
« j'ai remarqué que c'étaient les plus dévots
« qui se battaient le mieux, et ça m'a donné à
« réfléchir. »

A Coulmiers Pacolet se livra avec frénésie
au plaisir d'une charge à la baïonnette. C'est
presque la seule journée où les Allemands nous
ont vus de près; ils ont pu constater que les
Français avaient du cœur; quant à eux, ils n'ont
que des canons.

Hélas! ce fut le seul rayon de soleil qui
brilla un instant dans la nuit sombre et lugubre
de nos désastres! La France, divisée par les mé-
fiances mutuelles, triste fruit de nos discordes
civiles, la France en proie depuis tant d'années
à cette attaque du haut mal qu'on appelle l'esprit révolutionnaire, ne pouvait être sauvée
même par l'héroïsme de ses soldats.

Nos jeunes troupes luttèrent trois jours et ne cédèrent à l'inondation qu'après une résistance terrible; si des conquérants étaient capables de tenir compte du sang de leurs soldats, Bismarck et son ambitieux souverain frémiraient à l'idée de ce que leur a coûté leur victoire. Mais quel sentiment d'humanité peut-il exister chez un homme qui ne croit pas en Dieu, comme Bismarck; chez un homme comme Guillaume qui ne parle de la Providence que pour la blasphémer et l'invoquer à témoin de la justice de ses crimes? Et aujourd'hui, ils dorment tranquilles sur leurs lauriers tachés de sang; ils se moquent des jugements de Dieu et n'ont pas peur que les morts sortent de leurs tombeaux pour les réveiller; tant il est vrai que les hommes, quand ils ont perdu la foi à la justice divine, ne sont plus bons qu'à se détruire les uns les autres, et à reposer en paix, ivres de sang et gorgés d'or, sur les cadavres de leurs victimes !

Pendant que notre armée se repliait sur Bourges par des chemins couverts de neige, souffrant de froid, souffrant des privations, Pacolet, dont la blessure à peine fermée retardait la marche, tomba, ainsi qu'un franc-tireur du corps Cathelineau, dans une embuscade prussienne. On les conduisit devant le lieutenant qui commandait le détachement allemand, un grand baragouineur poméranien. En voyant le franc-tireur, ses yeux de tigre brillèrent d'un éclat sauvage.

« Ah ! ah ! un vranc-tireur et un betit-mopile ! Le betit mopile ira à Berlin ; le vranc-tireur sera vusillé à l'instant même.

« — Lieutenant, » dit Pacolet, je ne savais pas qu'on fusillât les prisonniers quand ils n'ont fait d'autre crime que de défendre leur patrie. Mais puisque vous êtes le plus fort, je n'ai rien à dire ; seulement je vous avertis que c'est moi qui suis franc-tireur et mon camarade qui est garde mobile ; nous avons changé d'uniforme dans la débâcle ; faites-moi donc fusiller, si vous avez la consigne de tuer les francs-tireurs, mais ne faites pas de mal au camarade, car il n'a du franc-tireur que le costume.

« — N'en croyez rien, » reprit le vrai franc-tireur, « il ment pour me sauver ; mais c'est bien moi qui suis du corps Cathelineau, et ce pauvre garçon, qui veut mourir pour moi, est réellement un simple caporal de mobile.

« — Eh pien, « fit le soudard prussien, « puisque fous foulez tous deux être vrancstireurs, che fous ferai vusiller tous les teux.

« — Non pas ! non pas » ! crièrent en même temps les deux prisonniers. « Moi, tout seul ! Moi, tout seul, je suis franc-tireur. »

« — Fous barlez tous les teux à la fois : che ne sais auquel entendre. Comment foulez-vous que che fous distingue ? Il faut mieux vusiller

un innocent que de faire crâce à un goupable.
Cepentant, comme je suis un pon tiable, che
feux pien examiner un beu l'affaire. Si l'un de
fous peut me proufer qu'il est le vranc-tireur
che ferai crâce au gamarade.

« — J'ai la preuve que c'est moi, » s'écria
triomphalemeut le volontaire de Cathelineau,
en tirant une médaille de la Sainte-Vierge :
« Connaissez-vous ça, vous autres huguenots ?
Au corps de Cathelineau, on est catholique et on
l'est crânement, et nous portons tous la médaille.

« — Moi aussi, j'ai une médaille, » répondit
Pacolet, en exhibant celle que Jeannette lui
avait envoyée. « Quant à mon camarade, s'il
en a une, c'est son curé qui la lui a donnée, pour
que, s'il meurt, il meure du moins en chré-
tien.

« — Alors, il n'y a bas moyen de safoir où
est le frai vranc-tireur ; che maintiens donc ma
técision ; fous serez vusillés tous les teux. A
moé le beloton t'exécution ! »

Six grands butors accoururent à cet appel,
collèrent Pacolet et son compagnon contre la
muraille et amorcèrent leurs fusils à aiguille.

« — Une minute, » dit le volontaire de Cathelineau, « nous voulons bien mourir, mais à condition de mourir en chrétiens. On ne refuse pas
un prêtre à des hommes qu'on va fusiller.
Envoyez - nous chercher le curé du village

voisin, et après vous ferez de nous ce que vous voudrez. »

L'officier prussien n'osa pas refuser; il envoya deux de ses soldats prévenir le curé, en lui recommandant de se presser; sinon, on devait expédier les deux prisonniers dans l'autre monde sans confession.

Le bon prêtre se hâta d'accourir ; mais les paysans du village, voyant emmener leur curé par deux Prussiens s'imaginèrent qu'on voulait le fusiller. N'ayant pas d'armes, ils n'essayèrent pas de le défendre, mais ils coururent avertir un colonel bavarois qui passait près de là, au grand galop de son cheval.

Cet officier, qui était catholique, avait horreur de tous les actes de cruauté; il prit immédiatement la direction dans laquelle on avait vu emmener le curé, arriva au moment où Pacolet achevait sa confession, et demanda des explications sur l'exécution qui se préparait. Quand il eut appris l'histoire des prisonniers et leurs généreux efforts pour se sauver l'un l'autre, il regarda le lieutenant poméranien d'un air sévère et lui dit : « Comment! chenapan, tu allais faire fusiller deux hommes comme ceux-là? Tu vas les mettre tout de suite en liberté, à la condition qu'ils vont donner leur parole d'honneur de ne plus servir contre la Prusse.

« — Colonel, » répartit Pacolet, «je donne ma parole d'honneur de servir contre la Prusse tant qu'il y aura encore un Allemand sur le sol français.

« — Moi de même, ajouta le franc-tireur.

« — Eh bien! vous êtes de braves garçons! et je suis désolé de ne pas avoir le droit de vous mettre en liberté. Du moins, je donnerai ordre que l'on vous traite bien au quartier général, où vous allez être conduits par un sergent et six hommes. »

Nos deux braves se laissèrent conduire sans résistance, ce qui ne les empêcha pas de recevoir quelques douzaines de coups de crosse et de coups de pied. Ils se plaignirent au sergent, qui répondit gravement : « Mes amis, c'est une betite gonsolation! »

Cependant le chemin était glissant; une neige épaisse et entièrement gelée étendait sur toute la plaine une couche uniforme qui empêchait de distinguer la route, les champs et les marécages. Les gros Prussiens n'avançaient qu'en chancelant; le sergent, entraîné par le poids de son ventre, perdit l'équilibre et se donna en tombant une entorse assez grave pour qu'il fallût le porter. Deux hommes n'é-taient pas de trop pour cette corvée.

« Voilà nos sept gardiens réduits à quatre, » dit Pacolet à son camarade, « c'est le moment de tenter un coup.

« — Pas encore, » répondit le franc-tireur; « je connais le pays; nous allons tout à l'heure nous engager dans un marais que les butors ne distingueront pas sous la neige qui couvre toute la campagne. »

Les choses se passèrent comme elles étaient prévues ; la glace rompit sous les pas des soldats qui portaient le sergent ; les quatre autres se précipitèrent pour les sauver, et jetèrent instinctivement leurs armes. C'est ce que nos amis attendaient ; ils se saisirent de deux fusils et coururent à la baïonnette sur leurs gardiens : ceux-ci, oubliant leur sergent, se sauvèrent dans toutes les directions en poussant de grands cris.

« Maintenant que nous sommes libres, » dirent nos braves, « il ne faut pas faire les méchants. Repêchons les Prussiens. »

Ainsi fut fait ; ils ramenèrent les trois pauvres diables mouillés et transis jusqu'à un poste de francs-tireurs qui se tenait dans le bois voisin.

« Ami, » dit Pacolet au sergent en le retirant de l'eau, « c'est une betite gonsolation ! »

CHAPITRE VII

La campagne de l'Est.

Pacolet retrouva son régiment à Bourges. Là, le brave général Bourbaki rallia notre malheureuse armée. Après quelques jours de repos, le 18e corps reçut l'ordre de se porter en avant. Le 19 décembre au matin, par un temps gris mais un peu moins rude, on vit défiler en bon ordre, sur la route de Bourges à la Charité, ces mêmes régiments d'infanterie, de cavalerie, d'artillerie, qui huit jours auparavant présentaient un aspect si navrant. Le courage était revenu avec la discipline, et avec le courage, l'espérance. Entre autres bonnes qualités du caractère français, une que j'admire surtout, c'est la facilité avec laquelle nous savons nous relever après les plus grands désastres. On a beau nous blesser à mort, nous ressuscitons toujours. Il semblait, à voir partir cette armée de l'Est, si vite reconstituée, si vite renaissante à l'espoir, que l'aurore se levait après une nuit de plusieurs semaines. A quoi a servi, diront les esprits moroses, ce réveil d'un moment qui devait être suivi de nouveaux désastres ? A quoi il a servi? Mais à soutenir pendant quarante jours de souffrances le sentiment du devoir. Les généreuses illusions que l'on se faisait alors n'ont pu transformer nos braves soldats de l'Est en vainqueurs, mais elles les ont transformés en héros.

Pacolet ne contribua pas peu dans sa compagnie à relever le moral de ses hommes. Pendant les marches forcées, il racontait quelque histoire drôlatique, ou il entonnait une chanson de circonstance, la plus souvent de sa composition, car Pacolet savait faire les vers ; où avait-il appris? je n'en sais rien ; mais il n'est pas le premier ouvrier qui ait composé des chansons. On lui attribuait, dans son régiment, celle des *Deux Uhlans* (sur l'air des *Deux Gendarmes*), qui s'est plusieurs fois chantée au 18e corps.

Deux uhlans, non loin de Pontoise,
Cheminaient par un temps de chien ;
L'un parlait la langue badoise,
Et l'autre sentait le Prussien.
Le Badois disait : « On se mouille
« A la guerre, en cette saisson. »
Le Prussien mangeait une andouille
Et ruminait un saucisson.

« Ah ! c'est un métier qui fous usse
« Le courache et le pantalon,
« De trotter pour le roi de Brusse,
« Et che troufe que c'est trop long.

« Heureux jours où, couvert de rouille,
« Pendait mon sapre en ma maisson !... »
Le Prussien mangeait une andouille
Et ruminait un saucisson.

« La gloire, c'est une gouronne
« D'épine et de laurier sanglant ;
« Ch'aime mieux Fénus que Pellone,
« Che suis époux, père et uhlan.
« Le fieux roi n'est qu'une citrouille
« Et son Pissmark un bolisson ! »
Le Prüssien mangeait une andouille
Et ruminait un saucisson.

Mais deux moblots faisant la ronde
Virent nos chevaliers errants.
« Tirez pas, » dit l'un, y a du monde !
« Pas Prussien ! Padois ! Che me rends »
L'autre appelle en vain la patrouille ;
Nos moblots le tuent sans façon.
Il ne mangera plus d'andouille,
De lard cru ni de saucisson.

Oui ! malgré nos revers, nous en avons envoyé des uhlans et des Prussiens de toutes armes là où on ne mange plus d'andouille et de saucisson ! Si la Prusse ne nous avait inondés que d'une armée d'invasion ordinaire, si elle n'avait pas eu des milliers d'hommes, des centaines de milliers d'hommes à jeter sans cesse sur nous pour boucher les vides effroyables que nos braves soldats ont causés dans les rangs ennemis, il n'en serait pas rentré un en Prusse. Du moins, l'Allemagne, si elle ose calculer ses pertes, l'Allemagne saura ce qu'il lui en a coûté pour écraser la France. Vous riez à Berlin ; vous feriez mieux de pleurer ! Vous n'avez pu nous vaincre qu'en laissant nos champs, nos montagnes et les rues de nos villes jonchées de vos cadavres. Sans doute, ce ne serait là qu'une triste consolation, si cette pensée n'était dictée que par l'esprit de vengeance ; mais ce n'est pas une pensée de vengeance, c'est une pensée d'espoir ; car nos ennemis n'oseront plus de sitôt provoquer une nation qui vend si chèrement sa vie et son honneur.

Villersexel, Montbéliard ! Vous avez vu ce que pouvaient des soldats décimés par le froid, par les maladies ! Vous avez vu comment des Français savent supporter les souffrances les plus terribles !

Le corps d'armée de Pacolet prit part à tous ces combats. La compagnie où il était caporal se trouvait composée en partie des ouvriers de son usine, et le courage, le sang-froid, le dévouement dont il fit preuve devant l'ennemi acheva de lui gagner l'affection de ses camarades. Un jour qu'il s'était trop avancé avec quelques hommes, il fut pris par un détachement prussien ; toute la compagnie s'élança pour les délivrer, y réussit, et ramena les Prussiens. Mais bientôt arriva le désastreux moment de la retraite ; le 18ᵉ corps fut chargé de la protéger. On parvint à un défilé situé à deux lieues de la Suisse ; nos chevaux fatigués et mal nourris avaient la plus grande peine à traîner les canons dans la neige ; l'armée prussienne gagnait à chaque instant du terrain sur la nôtre, et le moment allait venir où toute notre artillerie serait prise ; retourner nos canons et s'en servir pour défendre le défilé était impossible, car les munitions manquaient. Le général fit appeler tous les officiers supérieurs et leur demanda quelques hommes résolus à se faire tuer pour arrêter les Prussiens dans ce défilé ; si on pouvait seulement gagner une demi-heure, l'armée était sauvée. Pacolet se présenta un des premiers, avec cinquante moblots de sa compagnie et deux cents hommes de différentes armes ; on jugea inutile d'en laisser davantage ; car, en tout, on n'avait plus que 5,000 cartouches, soit 20 pour chaque homme. L'officier qui commandait cette héroïque arrière-garde ordonna à ses hommes de se cacher dans d'épaisses brouissailles et d'attendre l'ennemi pour tirer dessus à bout portant. Un escadron de uhlans passa le premier ; quand ils furent à portée de pistolet, tous nos braves lâchèrent la détente de leurs chassepots ; les cavaliers tudesques tombèrent presque tous ; leurs vainqueurs se revêtirent de leurs habits, et montèrent sur les chevaux. Deux batteries de 24 s'avancèrent ensuite ; elles étaient arrivées à cent mètres des faux uhlans, dont le costume produisait une illusion complète, lorsque ceux-ci, ramassant leurs chassepots, tuèrent canonniers et chevaux, puis s'élancèrent sur les canons, les tournèrent contre les Prussiens, et firent d'effroyables trouées dans leurs rangs. L'artillerie allemande répondit par une terrible canonnade, et, au bout de deux heures, démonta les pièces qui défendaient le passage. Alors nos braves songèrent à la retraite ; ils avaient réussi à gagner le temps nécessaire pour sauver l'armée ; restait, s'ils le pouvaient, à se sauver eux-mêmes. Mais les Prussiens s'étaient glissés dans les bois et cernaient le défilé de tous les côtés ; il fallait se rendre ou mourir, on aima mieux mourir. On commença par user les cartouches assez rares qui n'étaient pas encore brûlées ; ensuite on se défendit avec les revolvers pris sur les uhlans ; mais la mort pleuvait de toutes parts ; sur 250 hommes, il n'en restait pas 100 ; tous les officiers étaient tués ou blessés ; Pacolet, qui la veille avait été fait sergent, était le seul sous-officier valide. On lui donna le commandement de la petite troupe. Après avoir un instant réfléchi, il ordonna qu'on transportât dans un petit bois de sapins les caissons des pièces prises aux Prussiens ; il y mit le feu à l'aide d'une mèche, et en un instant tout le bois flamba ; puis, à la faveur de la fumée, il s'échappa sans être aperçu, ainsi que la plupart de ses compagnons, et prit la direction de la frontière suisse. Cependant les Allemands, sans voir les fugitifs, tiraient au hasard au travers des flammes et de la fumée ; un éclat d'obus atteignit Pacolet, et le pauvre garçon eut le bras gauche cassé.

CHAPITRE VIII

Avec un bras de moins.

Malgré la gravité et la douleur de la blessure, notre brave garçon continua sa marche et parvint à la frontière suisse, où les meilleurs soins lui furent prodigués. Le commandant du corps l'alla voir à l'ambulance, et lui remit la croix de la Légion d'honneur. La blessure était fort grave, et il fallut recourir à l'amputation.

A peine la fièvre des premiers jours fut-elle passée qu'il se hâta de dicter une lettre pour Rabotin.

« Dieu a voulu que j'échappasse aux Prussiens, mais pas tout entier. J'ai un bras de moins, et je me trouve encore content de ce qui me reste ; bien des camarades ont encore été plus malheureux. Mais comment travaillerai-je à l'avenir? De quoi vivrai-je? Car impossible de forger du fer avec un bras? Avec 50 écus, on n'est pas encore un assez gros rentier pour se croiser les bras! Et puis comment se les croiser quand on n'en a plus qu'un? Il est bien clair que je n'ai plus le droit de demander la main de Jeannette : quand on n'a plus de bras pour travailler, on ne s'expose pas à laisser une femme mourir de faim; c'est là le plus cruel de mon aventure. Chiens de Prussiens! Que Bismarck les emporte!

P. S. — « Le général vient de me donner la croix d'honneur. »

Peu de jours après, Pacolet reçut du père Rabotin la réponse suivante :

Mon cher enfant,

« Si le Bon Dieu n'a pas voulu que tu meures
« sous les balles des Prussiens, il ne voudra
« pas non plus que tu meures de faim. J'ai à te
« proposer un moyen de gagner honorable-
« ment ta vie et d'être utile à ton pays; s'il te
« convient, tu épouseras Jeannette, qui ne sera
« pas peu flattée d'avoir pour mari un chevalier
« de la Légion d'honneur. Le sous-préfet est
« venu hier à l'usine; on y a parlé de toi, et le

« patron lui a demandé ce qu'il y aurait à
« faire pour t'assurer une existence honorable,
« maintenant que tu ne peux plus forger le fer.
« — « A-t-il de l'instruction? » a demandé le
« sous-préfet. — «Beaucoup, a répondu M. Bo-
« nenfant ; voilà six ans qu'il a suivi, ailleurs
« ou ici, tous les cours d'adultes, et il en sait
« autant qu'un maître d'école. — Eh bien,
« l'école de la commune est vacante ; je vais l'y
« faire nommer ; il n'a pas son brevet, mais il
« le prendra, et on peut bien faire une excep-
« tion en faveur d'un chevalier de la Légion
« d'honneur. » — Si l'affaire te plaît, elle est
« arrangée ; 800 francs par an, la maison et le
« jardin. Cela te va-t-il? Quant à Jeannette, ça
« lui va tout à fait. — C'est bien triste, mon
« pauvre garçon, d'être estropié à ton âge, mais
« l'homme vaut encore mieux par le cœur et
« par l'esprit que par les bras, et on ne se
« repent jamais d'avoir de l'instruction. »

CHAPITRE IX

L'Instituteur.

Le 1ᵉʳ mars 1871, Pacolet prenait possession
de l'école de la commune. Ses actes de bravoure

pendant la guerre, son dévouement pour ses camarades, lui valaient la sympathie générale: la façon dont il s'acquitta de sa tâche servit encore à le faire aimer. Le soir il faisait un cours d'adultes où se trouvaient un bon nombre d'ouvriers, et si au premier abord le maître semblait bien jeune pour exercer sur des hommes, hier ses camarades, l'influence qu'un instituteur doit avoir sur ses auditeurs, sa décoration ajoutait singulièrement à l'autorité de sa parole.

Toutefois, s'il était heureux d'avoir trouvé une position qui lui permettait de vivre et d'épouser Jeannette, il comprenait qu'il n'aurait jamais que le strict nécessaire. A l'usine, il aurait vu rapidement augmenter son salaire, il aurait grossi ses économies ; mais dans son nouvel état, il ne pouvait jamais avoir que son pain de chaque jour. Je vois bien, disait-il à Rabotin, que je resterai toute ma vie l'homme aux 50 écus.

A défaut de l'ambition de faire fortune, il sentit naître en lui une ambition plus haute et plus noble, celle d'être utile, de faire du bien en éclairant ses auditeurs sur leurs devoirs et leurs véritables intérêts. Il étudia les questions élémentaires de la morale sociale et de l'économie politique, afin d'en répandre les vrais principes autour de lui, principalement parmi les ouvriers ses camarades.

Le 18 mars arriva et les émissaires de l'Inter-nationale s'abattirent sur l'usine comme des oiseaux de proie. « Il faut réformer la société, » disaient-ils, « il faut que les ouvriers désormais puissent arriver à tout! » Et ils exploitaient les germes de mécontentement que les suites de la dernière grève avaient laissés.

Depuis plusieurs jours ces propos de réforme sociale circulaient dans l'usine, quand Pacolet, après une leçon faite aux adultes sur les progrès des sciences et de l'industrie, termina en ces termes : « Un grand nombre de ces découvertes dont l'esprit humain est fier sont dues à des ouvriers ou à des fils d'ouvriers. Franklin, l'inventeur du paratonnerre, avait dans sa jeunesse travaillé comme ouvrier chez un imprimeur; le célèbre Stephenson, l'inventeur des locomotives, était un pauvre ouvrier mineur ; après avoir travaillé toute la journée, il étudiait le soir, et l'étude fortifia le génie naturel qu'il avait reçu pour la mécanique. Il arriva à pouvoir réparer les machines qui servaient à l'épuisement de la mine, avec plus d'habileté que les ingénieurs eux-mêmes, et finit par être choisi comme ingénieur. De découverte en découverte, il trouva le moyen de faire ce que tout le monde alors regardait comme impossible, une machine à vapeur capable d'entraîner sur des rails de fer marchandises et voyageurs. Tous les ouvriers n'ont pas son génie et ne peuvent pas arriver à sa fortune ; mais avec de l'instruction et du travail, avec de la persévérance ils peuvent bien souvent parvenir à améliorer considérablement leur position. J'entends répéter partout : « *Il faut réformer la société ; il faut que l'ouvrier puisse arriver à tout !* » Oui, messieurs, il faut que l'ouvrier puisse arriver à tout ; mais pour cela, ce qu'il faut réformer, ce n'est pas la société, ce sont nos préjugés. On s'imagine que, parce que l'on est pauvre, on est condamné à rester toujours dans la pauvreté, et on ne prend pas les moyens d'en sortir : ou bien on va demander le moyen d'en sortir à des gens qui ne cherchent qu'à pêcher en eau trouble, et qui ne produisent jamais, par leurs mauvais conseils, que le chômage et la misère. Le vrai moyen, c'est de nous instruire, car l'ouvrier qui a de l'instruction sort toujours de la médiocrité ; ensuite, c'est d'instruire nos enfants ; depuis six ans jusqu'à 12 ans, âge où ils entrent en apprentissage, ils ont le temps de s'instruire sur bien des choses ; ils ont le temps surtout de prendre l'habitude du travail ; quand on a bien travaillé à l'école, on travaille mieux que les autres en apprentissage, on travaille mieux encore à l'atelier, et on parvient à quelque chose. Je ne puis vous citer mon exemple, car, faute du bras que les Prussiens m'ont cassé, je suis incapable de poursuivre le rêve que j'avais fait de m'enrichir dans la condition d'ouvrier ; mais je vous parlerai de bien d'autres. Mon général nous disait souvent pendant la campagne : « Je suis fils d'ouvrier ; mes frères et moi nous étions les premiers à l'école ; on me donna une bourse dans un lycée, et j'arrivai par mon travail à l'école de Saint-Cyr ; de là je suis devenu colonel et général. Un de mes frères est entré dans une maison de commerce, où il gagne aujourd'hui des appointements égaux aux miens : le troisième a voulu rester ouvrier comme mon père ; après quinze ans faits comme ouvrier, il s'est établi patron, et il est en train de devenir le plus riche de nous tous ; car un bon maître serrurier, c'est un gros bonnet ! Enfin le plus jeune, après avoir été dix ans maître d'école, est aujourd'hui inspecteur de l'instruction primaire, et il n'en restera pas là, car il sait bien son affaire. » — On trouverait bien d'autres exemples à citer, et tous serviraient à prouver la même chose : quand un ouvrier ne parvient pas à une certaine aisance, cela n'est pas la faute de la constitution de la société, mais cela tient ou à son manque d'instruction, ou à son manque de persévérance, ou bien à des causes particulières, comme la maladie ou l'incapacité ; à ces deux dernières causes, aucune réforme sociale ne pourrait remédier ; aux autres causes, il nous est permis d'y remédier nous-mêmes.

« On dira peut-être que c'est bien long de

s'enrichir sou par sou à l'aide du travail et de l'économie de tous les jours ; mais ne vaut-il pas mieux aller lentement et sûrement à son but que de le manquer en allant trop vite ? Un homme avait une poule, une poule comme on n'en voit pas ; elle pondait toutes les semaines un œuf d'or : comme l'œuf n'était pas plus gros qu'un petit pois, il calcula qu'il lui faudrait bien longtemps pour s'enrichir, et, pensant qu'il y avait un trésor dans le corps de la poule, il la tua ; mais il n'y trouva rien. Messieurs, cette poule, c'est le capital qui nous fait travailler ; si nous tuons la poule, nous n'aurons plus de travail, et nous ne trouverons pas de trésor. »

CHAPITRE X

Le tapage.

Les affiliés de l'Internationale et les garibaldiens qui étaient venus pour mettre le trouble, s'inquiétaient de voir l'influence que Pacolet exerçait sur les ouvriers. Il faut à tout prix, disaient-ils, en finir avec ce maître d'école ; il éclaire le peuple, et quand le peuple sera éclairé, nous ne pourrons plus le soulever contre les riches et contre les prêtres ! Et ils cherchaient tous les moyens de faire du mal à Pacolet.

« Si nous mettions le feu à sa maison, disait l'un.

« — Prenons garde, » disait l'autre, « nous pourrions être découverts et punis. Si les Parisiens remportaient un succès sur l'armée de Versailles, alors nous pourrions faire tout ce qu'il nous plairait ; mais jusque-là, de la prudence !

« — Le mieux, » dit un troisième, « c'est de le contraindre à quitter le pays à force de le tourmenter.

« — Bonne idée ! Mais par où commencerons-nous ?

« — Parbleu ! Il faut emmener demain à la classe d'adultes une trentaine d'amis que nous avons à l'usine, afin de faire du tapage.

« — Accepté ! On va rire ! Il en fera un air bête dans sa chaire, quand il se verra huer et siffler par toute la salle ! »

Le complot s'exécuta. Le lendemain, Pacolet continuait à parler des moyens d'améliorer le sort des classes ouvrières, quand un coup de sifflet se fit entendre.

« — Tiens ! » dit Pacolet, « ce que je vous dis vous déplaît ? Sifflez, si vous voulez, je ne m'en tourmente guère ; vos petits sifflements ne sont pas bien redoutables pour un soldat accoutumé depuis six mois à celui des balles prussiennes. »

Des applaudissements partirent de plusieurs côtés ; mais ils furent couverts par un tapage d'une nouvelle espèce : les conspirateurs se mirent à imiter des cris d'animaux, à braire, à aboyer, à imiter le grognement du cochon.

« Bon ! » dit Pacolet, « les voilà qui parlent allemand ! »

A cette répartie, ce fut une explosion de rires, et un plaisant, voulant renchérir sur le bon mot, cria : « A la porte les Prussiens ! »

Or, il se trouvait que, parmi les agents de l'Internationale, il y avait un ancien espion prussien. Il crut que le mot était à son adresse et qu'on l'avait reconnu. Dans son trouble, il se trahit lui-même, en s'écriant : *Mais che ne suis bas un Brussien ! Fous fous drompez !* »

« — Tiens ! où donc a-t-il appris à parler comme cela ? » dirent à la fois presque tous les assistants, pendant que le communard prussien prenait très-prudemment le chemin de la porte.

La situation n'était pas bonne pour les messieurs de l'Internationale ; ils se turent et allèrent rejoindre le camarade allemand.

« Je vais continuer, » dit Pacolet.

Mais voici que tout l'auditoire se leva pour courir et après le Prussien et après ses amis de la Commune. On les arrêta et on les mena à la gendarmerie.

CHAPITRE XI

L'interrogatoire des braillards.

Quoique le commencement du désordre eût avorté, on jugea à propos de retenir quelque temps les prisonniers pour éclaircir la question de leur complicité présumée avec ces communards de Paris. Le commissaire de police vint les interroger et commença par le Prussien.

« Que venais-tu faire ici? méchant baragouineur d'allemand.

— Trafailler.

— Comment travailler? A quoi?

— A faire le ponheur du beuble.

— Le bonheur du peuple? De quel peuple? Du peuple français, peut-être? Tu nous feras croire que toi, un Prussien, tu voulais faire le bonheur du peuple français? Dis-nous franchement que tu venais exciter au désordre et à l'émeute; êtes-vous beaucoup que Bismarck a payés pour venir semer la guerre civile chez nous ?

— Eh pien, che serai franc : barmi les achents de l'Indernachionale, il y en a peaucoup qui sont payés par Pissmark, et ceux qui ne le sont pas, ils tefraient l'être, car ils trafaillent pour lui et pour le roé de Brusse.

— Je m'en doutais. Vous n'avez donc pas fait encore assez de mal à la France?

— Pissmark troufe que non ; il feut fous ruiner tout à fait au moyen de la réfolution, et il nous a enfoyés dans toutes les gampagnes pour exciter les paufres contre les riches.

— Bismarck en veut donc beaucoup aux riches ?

— Bas blus qu'aux paufres : il en feut à tous les Français. Mais il dit que si la France a été pattue, c'est barce qu'elle fait touchours des réfolutions ; et il feut entretenir l'esbrit réfolutionnaire pour qu'elle soit encore pattue et égrasée quand ça recommencera.

— C'est bien ! Le juge d'instruction verra s'il doit te coffrer ou te mettre en liberté ! Mais s'il te lâche, tu iras dire à Bismarck que notre gouvernement combattra, par tous les moyens, l'esprit révolutionnaire, et qu'aussitôt qu'il n'y aura plus de révolutionnaires en France, nous lui reprendrons l'Alsace et la Lorraine. — Passons à un autre. »

On amena un garibaldien.

« — Qu'est-ce que tu viens faire ici?

« — Je souis venou pour établir la répoublique ouniverselle.

« — Eh bien! alors tu n'as rien à faire en France, puisque la république y existe déjà; va-t'en l'établir en Prusse, en Turquie ou en Chine. »

On fit ensuite comparaître un autre communard : c'était un repris de justice, échappé du bagne. Il avait dans ses poches une bouteille de pétrole.

« Que voulais-tu faire de cette bouteille? » lui dit le magistrat.

« — Pas grand'chose; c'était pour brûler la maison du curé.

« — Qu'est-ce que le curé t'a donc fait?

« — On dit qu'il veut faire la guerre à l'Italie, et rétablir la dîme.

« — Bah! et qui est-ce qui t'a dit cela?

« — Je l'ai lu dans un journal!

« — Et tu crois ce que tu lis dans un journal? Il faut que tu sois bien bête. »

Après les chefs, on interrogea quelques ouvriers égarés qui avaient été entraînés par aveuglement plutôt que par méchanceté. Ils répondirent tous que les riches et les prêtres voulaient rétablir la dîme; que c'était bien vrai, et qu'ils l'avaient vu dans le journal.

Le commissaire les relâcha, mais il leur dit : « Une fois pour toutes, mes enfants, ne croyez pas ce que vous lirez dans les journaux qui déclament contre les riches et les curés. Ils ne croient pas ce qu'ils disent, mais ils vous disent tout cela pour vous exciter à l'émeute et à la guerre civile.

» — Mais quel intérêt les journaux ont-ils à la guerre civile? » dit un ouvrier.

« — Quel intérêt? Et c'est facile à voir. Quand il y a la guerre ou bien quand il y a des émeutes, tout le monde veut avoir des nouvelles, et alors tout le monde achète des journaux ; les journalistes gagnent gros, et le pauvre monde se fait tuer pendant ce temps-là. Vous savez comment les choses se passent en ce moment à Paris ; ces messieurs de la Commune font des journaux qui leur rapportent beaucoup ; ils y parlent du bonheur du peuple, mais, pendant ce temps-là, ils forcent les pauvres ouvriers à aller se faire tuer aux remparts, et eux, ils n'y vont pas.

« — C'est vrai, tout de même! C'est pas là de vrais amis du peuple !

« — Eh bien ! c'est l'histoire de toutes les révolutions. Qu'est-ce qui gagne aux révolutions? Est-ce l'ouvrier ? Non, il n'y gagne que de se faire tuer ; et les meneurs qui l'envoient se faire tuer y attrapent l'argent et le pouvoir.

« — Pourtant, monsieur le commissaire, le peuple y gagne d'avoir la république?

« — Pas vrai, mon ami ; ce sont, au contraire, les révolutionnaires qui tuent la république. Pourquoi la république n'a-t-elle jamais pu s'établir dans notre pays d'une façon durable? Parce qu'elle a fait peur au pays en tolérant l'appel aux passions haineuses et jalouses, et qu'alors le pays y a renoncé. Soyons sages aujourd'hui, mais bien sages, et alors la république sera fondée ; autrement, je ne réponds de rien. Voyez en Suisse ; la république est acceptée par tout le monde ; mais aussi on ne crie pas contre les riches et contre les prêtres.

« — Tout cela, c'est vrai! Mais nous ne voulons pas cependant qu'on rétablisse la dîme.

« — Oh! pour cela, n'ayez pas peur! Personne ne songe à revenir au passé. Est-ce que vous croyez que votre curé y pense?

« — Je n'en sais rien ; mais si j'étais à sa place, ça m'arrangerait. »

« — Alors c'est très-heureux que ce ne soit pas toi le curé. Le nôtre vaut mieux. Dis-moi, combien gagne-t-il par an, le curé?

« — Dame! à peu près 1,800 fr., ou 150 fr. par mois.

« — C'est-à-dire moins que les bons ouvriers de l'usine. Eh bien! crois-tu qu'il donne bien 15 fr. par mois aux pauvres?

« — Oh! parbleu! plus que cela.

« — Supposons qu'il ne leur donne que 15 fr.

par mois; 15 fr., c'est le dixième de son revenu?

« — Certainement.

« — Par conséquent, tu vois qu'aujourd'hui la dîme, ce ne sont plus les paroissiens qui la paient au curé, c'est le curé qui la paie à ses paroissiens.

CHAPITRE XII

Les noces de Jeannette.

Sonnez, sonnez les cloches du village!
Sonnez, sonnez les cloches du village!

Elles sonnaient à toute volée, le 24 juin 1871, le jour de la fête de Jean Pacolet et de Jeannette Rabotin; car on avait choisi le jour de leur fête pour leur noce.

Beaucoup d'ouvriers de l'usine se rendirent au mariage de leur ancien camarade : le maire et l'inspecteur des écoles y vinrent aussi. En arrivant sur la place de l'Église, les jeunes époux y trouvèrent un groupe d'anciens gardes

mobiles de la compagnie de Pacolet, qui se mirent à jouer une marche militaire dont les échos
des montagnes avaient bien souvent retenti
pendant la campagne de l'Est.

Après la bénédiction nuptiale, le curé adressa
à Pacolet et à sa femme la petite allocution suivante :

« En un jour de mariage, on souhaite d'ordinaire aux jeunes époux toute espèce de pros-
pérités ; puisse la bénédiction de Dieu vous les
donner ! Mais vous savez qu'ici-bas la vie la
plus heureuse est semée d'épreuves. Vous en
avez déjà fait, mon frère, une dure expérience
après avoir souffert toutes les fatigues d'une
guerre terrible, vous n'avez échappé à la mort
que pour être frappé d'un malheur irréparable.
Cependant vous avez su faire tourner le mal
au bien, vous avez trouvé moyen d'être encore
utile à votre pays par votre intelligence et votre
instruction. Dans l'utile et honorable profession
que vous avez embrassée, vous ne pouvez guère
espérer d'avantages équivalents aux services
que vous rendrez ; mais vous travaillez pour le
devoir, comme vous avez exposé votre vie pour
le devoir. Quand vous combattiez pour la France,
vous combattiez pour Dieu ; car la cause de la
justice est la cause de Dieu (et il le prouvera
d'une manière éclatante le jour de notre revan-
che) ; aujourd'hui, c'est encore pour Dieu que

vous travaillez en distribuant l'instruction et la vérité aux enfants des pauvres. Eclairez leur esprit, et surtout donnez-leur le goût et l'amour du travail; le vrai travailleur est bon, et la religion nous dit que le travail est une prière. Avec l'amour de Dieu, inspirez à ces enfants l'amour de la France, qui s'affaiblit, hélas! depuis que les sentiments d'égoïsme et de jalousie nous divisent comme en plusieurs patries. Apprenez-leur que c'est un crime d'avoir de la haine contre un compatriote. Ainsi vous serez utile, et c'est là, je le sais, toute votre ambition; Dieu permettra qu'elle se réalise; car, s'il nous refuse quelquefois le bonheur complet, pour nous éprouver, il ne nous refuse jamais le succès quand nous travaillons au bonheur des autres.

« Et vous, Madame, que le vrai mérite a seul pu toucher, Dieu vous bénira pour votre piété et pour celle que vous avez su inspirer au brave et noble époux que vous avez choisi. Vos prières nous l'ont conservé sur les champs de bataille; ayez confiance que Dieu ne cessera jamais de les exaucer. Avec cette confiance, on a la force, on a la consolation; que peut-on désirer de plus ici-bas, puisque le bonheur parfait n'est que dans l'autre monde! »

A la sortie de l'église, le musique de la garde mobile recommença à saluer son ancien sergent ; pendant ce temps-là, tous les gamins de l'école lançaient des petites fusées en criant :

Vive la France! vive la mobile ! »

Le soir, les fusées éclatèrent de plus belle sur la place de l'école ; puis les enfants se rangèrent en deux camps ; des casques de papier surmontés de la pointe réglementaire coiffaient l'armée prussienne ; les Français avaient emprunté des képis de moblots. Naturellement les Prussiens furent battus, rossés d'importance. Pacolet, qui les regardait de la fenêtre, leur dit : « Bien, mes enfants ! Par malheur, les choses ne se sont pas passées toujours comme cela ! » — « Ah ! Monsieur, » répondit le chef des Français, « c'est que, pour sauver la vraisemblance, les Prussiens ne sont ici que deux contre un. »

Ici s'arrête notre histoire. Comment se continuera-t-elle ? Je ne sais ; mais je puis dire une chose : si Pacolet n'est pas heureux, ce ne sera pas la faute de Jeannette ; et si Jeannette n'est pas heureuse, ce ne sera pas la faute de Pacolet.

TABLE DES MATIÈRES

PARIS. — IMPRIMERIE ADRIEN LE CLERE, RUE CASSETTE